جزيرة القدر

قصة خيال علمي

إعداد وتحرير: رأفت علام

مكتبة المشرق الإلكترونية

صدر في مايو ٢٠٢٠ عن مكتبة المشرق الإلكترونية – مصر

ISBN: 9780463668818

Table of Contents

جزيرة القدر
الفصل الأول

ضجت قاعة المؤتمرات الكبرى في (نيويورك) بالتصفيق والهتاف، عندما انتهت الدكتورة (منى) من إلقاء بحثها الأخير، حول نظم الكمبيوتر والمعلومات، والذي أضاف منهجًا جديدًا، إلى مناهج البحث المعروفة، في عالم الكمبيوتر، وتضرَّج وجه الدكتورة (منى) بحمرة الخجل، وهي تبتسم في سعادة، وتقاوم في صعوبة دموع الفرح، من الإفلات من عينيها الجميلتين، أمام هذا النجاح الرائع، التي لم تحلم بمثله قط، ونهضت من مقعدها خلف المنصة في بطئ، وجسدها يرتجف ارتجافة ظفر لذيذة، وأزاحت في رقة خصلة ناعمة، من شعرها الأسود الجميل، قبل أن تهبط في درجات السلم القصير، لتلتقي بعلماء الكمبيوتر من كل الجنسيات، الذين يملأون قاعة المؤتمرات..

وفي حماس منقطع النظير، هتف بها عالم كمبيوتر فرنسي، وهو يصافحها في حرارة:

- رائع يا سيدتي.. رائع.. لقد حقَّقت نصرًا عظيمًا في عالمنا.

وابتسم عالم أمريكي ابتسامة واسعة، وهو يقول:

- باستخدام معادلاتك الجديدة، لن يكون هناك كمبيوتر مغلق.. كل البرامج أصبحت مفتوحة.

كانت ترغب في رد تهنئتهم بعبارات رقيقة، ولكنها شعرت أنها ستنفجر باكية في سعادة، لو فتحت شفتيها لتنطق حرفًا واحدًا، فاكتفت بهز رأسها في امتنان، وهي تغالب دموعها، وسمعت عالمًا أمريكيًا، آخر، يقول في حماس:

- أراهن أنك ستصبحين مليونيرة، بعد عام واحد على الأكثر، فكل الشركات الأمريكية والأوربية ستتهافت لشراء برنامجك الجديد.

قاطعه صوت يتحدث الأمريكية، بلكنة شرقية واضحة:

- أظنها ستفضل منح الامتياز لأبناء وطنها.

بدت لها نبرة الصوت مألوفة، فالتفتت إلى صاحبها، وهتفت:

- (رمزي)؟!.. (رمزي قرمان)؟!.. ماذا تفعل هنا؟

صافحها الشاب الطويل النحيل، وهو يبتسم قائلًا:

- قرأت عن حضورك مؤتمر الكمبيوتر التاسع، فقَّررت الحضور لرؤيتك.

هتفت:
- وهل أتيت إلى الولايات المتحدة الأمريكية، لرؤيتي فحسب؟
أطلق ضحكة مرحة، وقال:
- من الواضح أنك لا تعلمين شيئًا عن أخباري.
قالت في بساطة:
- هذا صحيح، فنحن لم نلتق مرة واحدة، منذ تخرجنا.
تطلَع إلى ملامحها الجميلة، وهو يبتسم:
- هذا صحيح، ولكنك لم تتغيري كثيرًا يا (منى).. مازلت فاتنة وذكية.
تضرَّج وجهها بحمرة الخجل، وغمغمت في حياء:
- لابد أنني قد تغيرَّت بعض الشيء.. إنني في الثانية والثلاثين.
أطلق ضحكة مرحة أخرى، وقال:
- يا إلهي!.. يلوح لي أنك المرأة الوحيدة في العالم، التي تذكر سنها بهذه البساطة يا (منى).
هزت كتفيها، قائلة:
- ولماذا أخفيه؟؟
ضحك قائلًا:
- دعينا نلق هذا السؤال على نساء الدنيا.
ضحكت ضحكة قصيرة لدعاباته، ثم تأملته في اهتمام.
إنه لم يختلف كثيرًا، عمّا كان عليه في أيام الجامعة.. فقط هذان الفودان، اللذان وخطهما الشيب بعض الشيء، وتلك الحلّة الأنيقة الفاخرة، ورباط العنق الحريري..
وفي بساطة سألته:
- أحقًا أتيت إلى هنا لرؤيتي فحسب؟
أومأ برأسه إيجابًا، وقال:
- هذا صحيح، ولكنني لم آت من (القاهرة) كما تتصورين، فأنا أقيم هنا منذ عشرات سنوات.
هتفت في دهشة:
- هنا في (أمريكا)؟!
ابتسم، وأشار بسبابته، قائلًا:
- وفي (نيويورك) بالذات.
تطلَّعت مرة أخرى إلى ثيابه الفاخرة، وقالت:
- أراك قد حققت بعض النجاح هنا

ضحك وقال:
- بل الكثير منه يا عزيزتي.
ومال نحوها، مستطردًا في همس مرح:
- لقد أصبحت مليونيرًا.
رفعت حاجبيها، هاتفة:
- حقًا؟!
هزَّ كتفيه، وقال:
- لقد فعلت مثلك، واستثمرت علوم الكمبيوتر، التي درسناها معًا، ولكنني فعلت هذا بأسلوب مختلف، والآن أمتلك واحدة من أضخم شركات الكمبيوتر في (نيويورك).
تهلّلت أساريرها، وهتفت في حماس:
- رائع يا (رمزي)... كنت دائمًا تحلم بهذا.
تأمل ملامحها لحظة، قبل أن يقول:
- وبأشياء أخرى أيضًا.
تظاهرت بعدم فهم ما يلمح إليه، ولكن وجهها حمل آثار ذلك الحياء، الذي ملأ نفسها، فابتسم (رمزي) في شيء من الثقة والارتياح، واعتدل وهو يقول:
- والآن ما رأيك في بيع برنامجك لشركتي؟
تردَّدت لحظة، قبل أن تقول:
- أهي شركة مصرية أم أمريكية؟
لوَّح بكفه، قائلًا بالأمريكية:
- (منى).. إنني أحمل جنسية أمريكية الآن.
مطّت شفتيها، وقالت:
- كنت أفضل بيعها لشركة مصرية.
ابتسم وهو يقول:
- دعك من هذه الأفكار المثالية، فلم تعد تصلح سوى لأفلام السينما الرديئة.
ثم أضاف في سرعة، قبل أن يعطيها فرصة التفكير في عبارته:
- ولكن دعينا نؤجل ذلك الآن.. إنني أدعوك لتناول طعام الغذاء معي.
وتوقف ليسألها في اهتمام:
- أم أن هذا سيغضب زوجك؟
أجابته في خجل:
- إنني لم أتزوَّج بعد.

هتف في لهجة، حملت نبرة فرح:
- حقًا؟!
ثم انتبه إلى سخافة قوله، فتنحنح وأضاف:
- أعني هل أصيب الرجال بالعمي؟
ابتسمت في خجل، وهي تقول:
- كنت أريد الحصول على شهادة الدكتوراه أولًا.
أمسك كتفيها، وتطلَّع إلى عينيها، وهو يقول:
- ليس الآن يا (منى).. سأستمع إلى قصة حياتك كلها، على مائدة الغذاء.. هيا بنا.
لم تدر لماذا صحبته، متجاهلة الحفل الختامي للمؤتمر؟..
ربما هو الفضول، الذي ملأ نفسها، لمعرفة كيف يحيا، بعد أن أصبح مليونيرًا أمريكيًا..
نعم.. هو الفضول..
لقد استقلّت معه سيارته الفاخرة، التي لم تر مثيلًا لها، في حياتها كلها، وبهرتها أناقتها واتساعها، وكل ما تحويه من أجهزة صوتية، وأدوات للراحة، وتلفاز، مبرد خاص، وغير ذلك...
وعندما بلغا منزله.. أو بالأحرى قصره، كان انبهارنا قد بلغ ذروته..
إنه قصر كقصور الأساطير، بأبراجه الأنيقة، وشرفاته الواسعة، المطلّة على المحيط، وأثاثه الذي لم تحلم بمثله قط..
وبكل الانبهار في أعماقها، هتفت به:
- يا إلهي!.. هل تمتلك كل هذا حقًا يا (رمزي)؟
ابتسم قائلًا:
- إنني أربح الكثير.
دعاها لتناول الطعام في واحدة من شرفات القصر، وبهرها ذلك العدد من الخدم، الذين يقدمون الطعام، ويحرصون على راحة سيِّدهم وراحتها، وشعرت بجسدها يسترخى، في ذلك المقعد الوثير، وبأحلامها تنطلق بعيدًا..
كم تمنيت أن تحيا في مكان كهذا..
حدائق وأناقة وثراء وفخامة..
إنها أمنية عمرها..
وفي تراخ ونشوة، تطلَّعت إلى المحيط الممتد أمامها، وهي تسترجع أحلام صباها، وسمعت (رمزي) يقول:
- والآن، ما قولك بشأن صفقتنا؟

التفت إليه، مغمغمة في هيام:
- صفقتنا؟!
ابتسم قائلًا:
- نعم.. موضوع برنامجك الجديد.
أيقظها الحديث من نشوتها، فاعتدلت قائلة:
- امنحني بعض الوقت للتفكير يا (رمزي).
قال في حماس:
- التفكير في ماذا؟.. لقد ابتكرت برنامجًا رائعًا، وستسعى كل الشركات للحصول عليه، ومادمت ستمنحيَنه لإحداها حتمًا، إن عاجلًا أو آجلًا، فلم لا تكون شركتي، خاصة وأنني سأمنحك ثمنًا يفوق ما سيمنحك إياه الآخرون؟
قالت في تردد:
- ولماذ لا أمنحه لشركة مصرية؟
عقد حاجبيه، ومال نحوها، قائلًا:
- اسمعي.. سأمنحك مليوني دولار، مقابل برنامجك.
اتسعت عيناها في ذهول، وهي تهتف:
- كم؟!
ابتسم في ثقة، وهو يقول:
- لن يعرض عليك مخلوق واحد، حتى الحكومة المصرية نفسها، نصف هذا المبلغ.
تطلعت إليه لحظات مشدوهة، وقد أذهلها المبلغ، الذي لم تحلم يومًا بامتلاك عُشره، وارتجفت الكلمات على شفتيها، وهمّت بقول شيء ما..
ولكن تلك الطائرة قطعت أفكارها..
طائرة أنيقة، لامعة، عبرت فوق القصر مباشرة، ودارت دورة واسعة، ثم انقضت على الحديقة الخلفية للقصر، وهبطت فوق مهبط طائرات طويل، يرتسم في أناقة وسط الحديقة الغناء..
وهتفت (منى):
- هل تهبط الطائرة هنا؟
تراجع (رمزي)، وابتسم في زهو، وهو يقول:
- بالطبع.. إنني أمتلكها.
صاحت مبهورة:
- تمتلك طائرة خاصة؟!
ضحك في سعادة، وهو يقول:

- بالطبع.. إنها أبسط شيء، يمكن أن يمتلكه مليونير هنا.. إنها طائرة ذات أربعة مقاعد..

تطلَّعت إلى الطائرة في انبهار، وهي تقول:

- كم أتمنى ركوب طائرة مثلها.

رفع حاجبيه، قائلًا:

- تتمنين؟!

ثم نهض من مقعده، واستطرد مبتسمًا:

- ولم لا نحِّول الحلم إلى حقيقة؟

هتفت:

- ماذا تعني؟

أجابها ملوحًا بكفه:

- أعني أنني أدعوك لتحقيق أمنيتك، والقيام برحلة على متن طائرتي الخاصة.

لم تصدِّق أذنيها...

- إنها ستحقق أمنية من أمنيات حياتها..

ولكن من يدري، ما الذي يخفيه القدر، خلف هذه الأمنية؟.. من يدري؟..

الفصل الثاني

هبط قائد طائرة (رمزي) الخاصة، من كابينة القيادة الصغيرة، وشد قامته المديدة، وكتفيه العريضين، وربَّت على جسم الطائرة في رفق وحنان، وداعب مروحتها اليسرى، وكأنه يطمئن على سلامتها، قبل أن يسمع صوت (رمزي) من خلفه، وهو يهتف:

- استعد للإقلاع يا فتى.

التفت قائد الطائرة إلى (رمزي)، وانعقد حاجباه قليلًا، وهو يتفحص (منى) في حيرة، قبل أن تقترب منه مع (رمزي)، الذي أشار إليه، وهو يقول لها:

- أقدم لك (ماجد).. الطيَّار الخاص لي.

رفعت حاجبيها، هاتفة.

- (ماجد).. أأنت مصري؟

أجابها (ماجد).. في اقتضاب:

- لي كل الفخر.

أما (رمزي)، فقال في زهو:

- نعم... إنه مصري.. لقد كان طيارًا مدنيًا، في شركة (مصر للطيران)، ولكنني أقنعته بالاستقالة، والعمل لحسابي.. أليس كذلك يا (ماجد)؟

ردَّد (ماجد) بنفس الاقتضاب:

- بلى يا سيَّد (رمزي).

شعرت (منى) بنبرة عجيبة في صوت (ماجد)، وكأنما لا يروق له العمل لحساب (رمزي)، فتطلَّعت في حيرة إلى ملامح (ماجد) الجامدة، في حين قال له (رمزي):

- أتعشم أن يكون لديك وقود كاف، فالدكتورة (منى) ترغب في القيام برحلة في طائرتك.

أجابه (ماجد):

- لدينا وقود كاف، ووقود احتياطي كذلك، ولكن النشرة الجوية أعلنت عن قرب وقوع عاصفة، و..

قاطعه (رمزي) في صرامة:

- سنعود قبل العاصفة.

بدت ملامح (ماجد) جامدة بعض الشيء، ولكن (منى) قرأت الضيق في عينيه، فغمغمت:

- لا بأس.. يمكننا أن نؤجل هذا، و..

قاطعها (رمزي) في حزم:

- بل سنذهب الآن.

وعاونها على الصعود إلى الطائرة، وهو يضيف:

- هيا يا (ماجد).

صعد (ماجد) إلى كابينة القيادة دون مناقشة، وانتظر حتى استقر (رمزي) و(منى) في مقعديهما، ثم أدار محرك الطائرة، وانطلق بها فوق ممر الإقلاع..

وحلَّقت الطائرة..

حلقت في نعومة وبساطة، تؤكدان براعة (ماجد) وخبرته، فقالت (منى) في إعجاب:

- لديك طيار رائع.

ابتسم (رمزي) في زهو، وقال:

- إنني أحسن اختيار من يعملون لحسابي.

لم يرق ذلك الأسلوب المغرور لـ(منى)، فأشاحت بوجهها، وتطلعت من النافذة إلى قصر (رمزي)، الذي راح يبتعد ويبتعد في سرعة، ثم لم تلبث (نيويورك) كلها أن اختفت خلف المحيط، فتمتمت (منى):

- لقد ابتعدنا كثيرًا.

أجابها (رمزي) في ثقة:

- لا تجعلي هذا يقلقك.. (ماجد) أفضل طيار في (نيويورك) كلها.

تمتم (ماجد)، الذي لا يفصله عنهما سوى حاجز قصير:

- مادمت تؤمن بهذا يا سيِّد (رمزي)، فأنا أقترح أن نبدأ رحلة العودة؛ إذ أن السحب الداكنة تتكاثف في الأفق، وأظن العاصفة في طريقها إلينا.

قال (رمزي) في صرامة:

- سنقضي وقت طويل، قبل أن تصل إلينا.

أجابه (ماجد) في ضيق:

- العواصف خادعة.. كل الطيارين ورجال البحر يعرفون هذا.

قال (رمزي) في خشونة:

- أنا أيضًا أعرفه، وآمرك بالاستمرار في الطيران.

استمعت (منى) إلى تلك المحادثة في قلق، وامتد بصرها يخترق زجاج الطائرة الأمامي، ويتطلَّع في خوف إلى السحب الداكنة، التي حجبت الأفق تقريبًا، وقالت:

- أظن أنه من الأفضل أن نعود، وأن..

قبل أن تتمّ عبارتها، سطح البرق فجأة في السماء، ثم انهمرت الأمطار الغزيرة، وكأن صنابير السماء قد انفتحت كلها في آن واحد.
وفي لحظات قصيرة، كانت السحب الداكنة تغطي السماء كلها، والأمطار تنهال على جسم الطائرة، وترتطم به في ضربات متتالية متلاحقة، أشبه بطلقات مدفع رشاش قوي، والبرق يلمع في السماء، ويضيء المكان على نحو مخيف، فقال (رمزي) في توتر:
- نعم.. أظن أنه من الأفضل أن نعود.. عد بنا يا (ماجد).
استدار (ماجد) بالطائرة، وهو يراقب عدادتها في قلق، وزاد من سرعتها، في طريقه إلى (نيويورك)، وسط عاصفة عاتية.
وبدأ قلب (منى) يخفق في توتر:
هذا الطقس المحيط بها، كان يملأ نفسها بالخوف..
بل الرعب..
وهي تتمنى الآن العودة إلى قصر (رمزي)..
أو حتى إلى مكان يابس..
أو..
قطعت أفكارها تلك الصاعقة..
صاعقة شقت طريقها بين السحب الداكنة، وانقضت على الطائرة..
وارتجَّت الطائرة في عنف، واختلّ توازنها، وانطلقت صرخة (منى) داخلها مدوية، وهي تدور حول نفسها في سرعة..
وامتقع وجه (رمزي)، وتجمَّدت الكلمات في حلقه، واتسعت عيناه في رعب، في حين عقد (ماجد) حاجبيه في شدة، وراح يبذل أقصى جهده وخبرته ليستعيد سيطرته على الطائرة، ومنعها من السقوط في المحيط..
ومضت دقائق أشبه بدهر كامل، والطائرة تهوى، وتدور حول نفسها، و(منى) تصرخ، وتصرخ، وتصرخ..
ثم استعاد (ماجد) سيطرته على الطائرة..
كان من الواضح أنه قد بذل مجهودًا خرافيًا، حتى اتزنت الطائرة الصغيرة، وراحت تقاوم العاصفة مرة أخرى، في شيء من الثبات، فقد تصبَّب عرق غزير على وجه الطيار، وتصاعد صوت أنفاسه كثيرًا، وهتف به (رمزي):
- هل نجونا؟
أجابه (ماجد) في قلق واضح:
- لست ادري.. لقد استعدنا سيطرتنا على الطائرة فحسب.
سألته (منى) في هلع:

- ألا يكفي هذا؟
هزَّ رأسه نفيًا، وقال:
- لقد أفسدت الصاعقة التوازن الكهربي للطائرة، وأحدثت خللًا بالبوصلة، كما أن جهاز الاتصال اللاسلكي لم يعد صالحًا للعمل.
سألته، وهي تكاد تفقد وعيها رعبًا:
- وما الذي يعينه هذا؟
أجابها وكأنما يحنقه السؤال:
- يعني أننا لا ندري أين ينبغي أن نتجه، حتى نعود إلى (نيويورك)، وأن أمامنا نصف الساعة فقط، قبل أن ينفد وقودنا، وتهوى الطائرة..
ثم انعقد حاجباه أكثر، وهو يضيف:
- ويبتلعنا المحيط.
وهوى قلب (منى) بين ضلوعها..

✿✿✿

مضت نصف الساعة بأسرع مما تصوَّر الجميع، ولم تظهر (نيويورك) حتى في الأفق، وانهارت أعصاب (منى) تمامًا، وهي تتصوَّر غرق الطائرة بها في قلب المحيط، في حين راح (رمزي) يصرخ في عصبية وارتياع:
- أين (نيويورك).. أين هي يا (ماجد)؟.. ما الذي فعلته بنا؟
كان (ماجد) يقاتل للانطلاق وسط العاصفة، وهو يجيب في حدة:
- لست أدري أين نتجه بالضبط.. أخشى أننا نتوغل منذ نصف الساعة، في قلب المحيط، بدلًا من أن نعود إلى (نيويورك).
صرخ (رمزي):
- نفعل ماذا؟.. إذن فقد قتلتنا أيها الفاشل.. قتلتنا أيها الحقير.
صاح به (ماجد) في صرامة:
- اصمت أيها الجبان السخيف.. لن أحتمل غطرستك لحظة واحدة بعد الآن.
صرخ به (رمزي):
- ماذا تقول؟!.. إنني أنا الذي ينقدك أجرك.
هتف (ماجد) في غضب:
- فلتذهب أنت وأجرك إلى الجحيم.. لقد سئمت كل هذا.
وفجأة أصدر محرك الطائرة قرقعة مخيفة، ثم صمت تمامًا، فأضاف (ماجد) في توتر:
- أظنك ستذهب إلى الجحيم، بأسرع مما تتصوَّر.

شحب وجه (رمزي) في شدة، حتى كاد يحاكي وجوه الموتى، وتشبَّث بمقعده في رعب هائل، في حين هتفت (منى) في ارتياع:

- أيعني هذا أننا.. أننا سنسقط؟

أجابها، وهو يمسك عجلة القيادة في قوة:

- بل يعني أن الذي يجيد السباحة فقط، هو الذي سينجو من هذا الموقف.. لو كان حظه أفضل من إله الحظ نفسه.

بكى (رمزي) في انهيار، وهو يقول:

- لست أعرف السباحة.

تطلعت إليه (منى) في هلع، ثم رفعت بصرها إلى نافذة الطائرة، حيث أظلمت السماء، ولم يتوقَّف انهمار الأمطار منها، وانهار في قلبها كل أمل في الخلاص والنجاة..

و(ماجد) أيضًا شعر باليأس..

إنه – كطيار محترف – يدرك تمامًا استحالة النجاة، من مثل هذا الموقف.. طائرة خالية من الوقود، وسط عاصفة عاتية، وأمطار غزيرة، و.. وفجأة انعقد حاجباه، واتسعت عيناه عن آخرهما في ذهول..

مستحيل أن يكون هذا الذي أمامه حقيقة!

مستحيل!

إنه يهذي ولاشك!..

وفي ذهول ردِّد:

- مستحيل.

سألته (منى):

- ماذا حدث؟

أشار أمامه، قائلًا:

- أترين هذا؟

انتزعت نفسها من مقعدها، ومالت إلى الأمام، تتطلَّع إلى حيث يشير، ثم اتسعت عيناها في ذهول..

كان أمامها، وعلى بعد كيلو مترين تقريبًا، صفَّان من الأضواء المتوازية، يظهران وسط الظلام، ويمتدان إلى مسافة مناسبة..

وفي دهشة، سألت (منى):

- ماهذا؟

أيقن أنها ترى ما رآه، فأجابها والحيرة تقطر مع حروف كلماته:

- إنه مهبط طائرات.

أنعشت العبارة الأمل، في نفس (رمزي)، فهتف:
- مهبط طائرات؟!.. هل يمكنك بلوغه يا (ماجد)؟.. هل يمكنك هذا؟
تشبَّث (ماجد) بعجلة القيادة، وهو يقول:
- نعم.. يمكنني قيادة الطائرة، وكأنها طائرة شراعية بلا محرك، وأظننا نستطيع بلوغ ذلك المهبط بإذن الله (سبحانه وتعالى).
ترك (رمزي) مقعده، وصاح به:
- ماذا تنتظر أيها الغبي؟.. هيا.. اتجه إليه.. هيا.
كظم (ماجد) غيظه وغضبه، وركَّز مشاعره كلها في بلوغ ذلك المهبط العجيب، الذي لاح على نحو أشبه بالمعجزة، وسط المحيط، وهو يسأل نفسه عن سر وجوده..
وانزلقت الطائرة، وسط الرياح والأمطار، متجهة إلى ذلك المهبط..
ثم اتضحت ملامح الجزيزة الصغيرة تدريجيًا..
جزيرة محدودة، يمتد وسطها ذلك المهبط الجوي العجيب..
وهبطت الطائرة وسط صفي الأضواء، واصطدمت إطارتها بالأرض غير المهَّددة في عنف، وانكسر إطارها المحمول، فانحنت في شدة، واصطدم جناحها بالأرض، فتحطم في قوة واحتك باطن الطائرة بأرض الجزيرة، في صرير مزعج مخيف، اختلط بصراخ (منى)، وشهقات (رمزي)..
ثم توقَّفت الطائرة..
ولثوان ساد داخلها سكون وصمت رهيبين، يوحيان بأن ركابها الثلاثة قد لقوا حتفهم مع السقوط، قبل أن يرتفع صوت (منى)، وهي تقول في عصبية:
- هل نجونا؟
أجابها صوت (ماجد):
- أظن ذلك.
وهنا انطلق صوت (رمزي)، وهو يقهقه ضاحكًا، ويهتف:
- نجونا.. لقد نجونا.
كان يضحك على نحو هستيري، ولكن (ماجد) تجاهله تمامًا، وهو يغادر الطائرة، قائلًا:
- ترى كيف يوجد مهبط مثالي كهذا، وسط جزيرة صغيرة كهذه؟
اتجه نحو أحد المصابيح، الممتدة على جانبي الطائرة، ورفعه يفحصه، قبل أن يقول في دهشة بالغة:
- عجبًا!.. إنه أبسط مصباح رأيته في حياتي.. كرة من الزجاج، بداخلها شمعة بدائية.. يا له من مهبط طائرات عجيب!

لحقت به (منى)، وهي تسأله:

- ولكن كيف آتى إلى هنا؟

هزَّ رأسه نفيًا، وقال:

- بل قولي من صنعه؟ ولماذا؟

انتفض جسد (منى) في ذعر، عندما انبعث من خلفها صوت يقول:

- أنا.

كان الصوت هادئًا للغاية، وعلى الرغم من هذا فقد التفتت مع (ماجد) إلى مصدره في سرعة، ووقع بصرهما على شيخ أصلع، له ملامح أشبه برهبان التبت، ويرتدي ثوبًا مماثلًا لثيابهم، ولقد انحنى أمامهما في احترام، وهو يستطرد بالعربية:

- أنا صنعت هذا، وكنت أنتظركم.

ردّد (ماجد) في دهشة:

- تنتظرنا؟!

أجابه الشيخ في احترام وهدوء:

- نعم.. أنتظر قدوم طائرتكم، مع رفيقكم الثالث، الذي لم يغادرها بعد.

ثم التفت إلى الطائرة، مستطردًا:

- المليونير (رمزي قرمان).

وسطع البرق في نفس اللحظة، ليكمل الصورة..

صورة الخوف..

والغموض..

الفصل الثالث

اتسعت عينا (رمزي)، وسقط فكه السفلي في ذهول، وهو يحدِّق في وجه الشيخ الأصلع، قبل أن يهتف به في عصبية:

- ماذا تقول أيها المأفون؟.. إنني لم أرك في حياتي قط، ولم ألتق بك أبدًا، فكيف تدّعي معرفتك بي؟!

ظلت ابتسامة الشيخ تزين وجهه، وهو يقول في هدوء:

- أنا أيضًا لم ألتق بك يا سيدي، ولم أر أحدكم أبدًا، ولكنني أعرفكم تمامًا، وكنت أعلم أنكم ستأتون الليلة، وأعددت كل شيء لاستقبالكم.

تطلَّعت (منى) إلى وجه الشيخ في دهشة وحيرة، في حين سأله (ماجد) في توتر:

- أأنت ساحر يا رجل؟

هز الشيخ رأسه، وقال بابتسامته الهادئة:

- بل أنا مجرَّد حارس يا سيِّد (ماجد).. حارس الجزيرة.

رفع (ماجد) حاجبيه في دهشة، وقال:

- أتعرف اسمي؟

انحنى الشيخ أمامه، وهو يقول:

- إنني أعرف الكثير يا سيدي.

ثم أشار إلى كوخ قريب، بدا في صعوبة وسط الظلام، وهو يقول:

- والآن هلا تبعتموني إلى كوخي المتواضع؟

تبعه الثلاثة في حيرة وحذر إلى الكوخ، وهناك أضاء الشيخ مصباحه، وأشار إلى مائدة خشبية قديمة، اصطفت فوقها ثلاثة أطباق من الحساء، مازالت الأبخرة تتصاعد منها، وقال:

- كنت أخشى أن يبرد الحساء.

تبادل الثلاثة نظرات الدهشة، ولكن رائحة الحساء الشهي دغدغت الجوع الكامن في أمعائهم، والذي أوجدته الإثارة وأنجبه التوتر، فاتجهوا إلى المائدة، واصطفوا حولها، وارتشفت (منى) رشفة من الحساء، قبل أن تقول في دهشة:

- إنه ساخن بالفعل.

وعقد (ماجد) حاجبيه، قائلًا:

- وهناك ثلاثة أطباق.

أما (رمزي)، فقد تذوق الحساء في حذر، ثم قال:

- لا بأس به على الإطلاق.

وبعدها راح يحتسيه في نهم، وكذلك فعل (ماجد) و(منى)، في حين جلس الشيخ القرفصاء، فوق أريكة خشبية قريبة، وراح يتابعهم بابتسامته الهادئة، حتى انتهوا من تناول الحساء كله، فقال الشيخ:

- لقد أعددت لكم ثلاثة أسرة.. اثنان في الحجرة الشرقية، وواحد للدكتورة (منى)، في الحجرة الغربية.

تبادل الثلاثة نظرات الدهشة مرة أخرى، وسألت (منى) الشيخ:

- هل كنت تعلم أننا رجلان وامرأة؟

أجابها في هدوء:

- بالطبع.

سأله (رمزي) في حدة:

- كيف تعرف كل هذا؟

أجابه بهدوئه المثير:

- إنه تاريخ الجزيرة، وأنا أحفظه عن ظهر قلب يا سيِّدي.

ردد (رمزي) في دهشة:

- تاريخ؟

سطع البرق مرة أخرى، وألقى ضوءه على وجه الشيخ، فارتجفت (منى) في رهبة، وقالت في انفعال:

- متى تنتهي هذه العاصفة اللعينة؟

أتاها الجواب على لسان الشيخ في هدوء، وهو يقول:

- في السابعة إلا الربع يا بنيتي... ستتوقف فجأة، كما بدأت.

كان هذا الجواب مذهلًا بحق، ودفع الثلاثة إلى التطلع لساعات معاصمهم، قبل أن يقول (ماجد):

- إنها السادسة وخمس وعشرون دقيقة الآن.

وهنا هتف (رمزي) في توتر:

- كل هذا لا يعنيني.. أريد العودة إلى (نيويورك)، وبأقصى سرعة أطرق الشيخ برأسه، وقال في لهجة يملؤها الأسف:

- من المؤسف أن هذا لن يحدث.

عقد (رمزي) حاجبيه، وهو يهتف بالشيخ:

- ماذا؟.. وما الذي يدعوك إلى هذا القول أيها المخرف؟

رفع الشيخ وجهه إليه، وأجاب:

- قدرك يقول هذا يا سيِّد (رمزي).

هتف (رمزي) مستنكرًا:
- قدري؟!
ثم تراجع بمقعده، وأضاف في حدة:
- آه.. الآن فقط فهمت اللعبة.
تطلَّع إليه الشيخ في صمت، في حين ردَّدت (منى):
- اللعبة؟!
صاح (رمزي) في غضب:
- نعم.. اللعبة القذرة.
والتفت في سرعة إلى (ماجد)، مستطردًا:
- لعبتك.
قفز الغضب إلى وجه (ماجد)، وهو يهتف:
- أنا؟!
قفز (رمزي) من مقعده، وراح يصرخ، وهو يلوح بسبابته في وجه (ماجد):
- لعبتك.. لعبتك الحقيرة السخيفة.. إنك تحاول إبعادي عن (نيويورك)؛ لتفسد صفقتيالتي سأوقعها غدا هناك.. كم دفع لك منافسي (كريد)، من أجل هذا؟
هب (ماجد) من مقعده، وهو يقول في غضب:
- اسمع يا سيِّد (رمزي).. لقد احتملت سخافاتك كثيرًا، طوال عام كامل، ولكنك تجاوزت حدودك حقًّا هذه المرة، ولن أسمح لك بهذا، وليذهب عملك وقصرك كله إلى الجحيم.
صرخ (رمزي):
- لا.. لن تخدعني بغضبك المصطنع هذا.. إنني أفهم كل شيء.. رحلة بالطائرة، ثم تتظاهر بتلف البوصلة، وتقودنا إلى هذه الجزيرة الصغيرة، التي يملكها (كريد) حتمًا، حيث يستقبلنا ذلك الشيخ المهرج، ويحاول خداعنا، بالمعلومات التي منحه إياها (كريد) مسبقًا، ليقنعني أنني لن أعود أبدًا إلى (نيويورك)، فأستسلم لهذا، ويربح (كريد) الصفقة، وبعدها تنكشف الحقيقة، و..
قاطعه (ماجد) في غضب:
- وهل نسيت أنك أنت من اقترحت فكرة رحلة الطيران هذه؟
لوَّح (رمزي) بكفه، هاتفًا:
- اقترحتها من أجل الدكتورة (منى).
ثم التفت إلى (منى)، وتابع:
- آه.. لقد فهمت الآن.. أنت أيضًا تعملين لحساب (كريد) اللعين.

انعقد حاجباها في غضب، وصاحت به:
- اضبط لسانك يا (رمزي)، ولاتنس أنك أنت الذي سعى لمقابلتي.
صرخ (رمزي):
- وماذا في ذلك؟.. لا ريب أن (كريد) علم بأمر توجهي لحضور مؤتمر الكمبيوتر، وجمع الكثير من المعلومات عن المؤتمر، حتى عرف بزمالتي لك في الكلية، وبعدها وضع خطته.
صاحت به (منى) في غضب:
- أنت رجل مريض.
أما (ماجد)، فأمسك بكتفيه في عنف، وقال:
- وماذا عن الصاعقة، التي أصابت الطائرة؟.. أهي من صنع (كريد) أيضًا؟
زاغت نظرات (رمزي)، وهو يقول:
- مجرَّد مصادفة.. كنت ستبتكر حجة أخرى، لو لم تصيب الصاعقة الطائرة.
قال (ماجد) في غضب:
- صدقت الدكتورة (منى).. أنت رجل مريض.
صرخ (رمزي)، وهو يحرِّك ذراعيه في عنف:
- بل أنا رجل ذكي، كشفت خدعتكم، على الرغم من براعتها، وكشفت أمركم، و..
قاطعته (منى) في حزم:
- ولكنك نسيت نقطة واحدة أيها الذكي.. إنها السابعة إلا الربع تمامًا الآن.
ثم أشارت عبر النافذة، مستطردة:
ولقد توقفت العاصفة..

✿✿✿

لم يكن من العجيب، بعد كل هذا، أن أحدهم لم يذق للنوم طعمًا، في هذه الليلة، بل أن أحدهم لم يأو إلي فراشه، وإنما ظلوا حول مائدة الطعام، لا يتبادلون كلمة واحدة، حتى تطلَّع (ماجد) إلى ساعته، وغمغم:
- إنها منتصف الليل تمامًا.
- تلفتت (منى) حولها، وقالت:
- أين الشيخ؟.. أين ذهب؟
أجابها (ماجد) في خفوت:
- لقد انصرف بعد توقف العاصفة، ولست أدري أين ذهب.
سألته (منى):

- ألديك تفسير لكل هذا؟
هز رأسه نفيًا، وقال:
- لا.. لست أفهم حتى ما يحدث هنا.. كيف عرف هذا الشيخ كل ما يعرف؟ وما الذي يقصده بأن هذا قدرنا؟
قالت في حيرة وتوتر:
- كل شيء هنا يبدو عجيبًا، ومخيفًا، ولا يوجد لدينا أي تفسير.
رفع (رمزي) عينيه، وقال في مرارة:
- أنا لدي تفسير.
سألته في لهفة:
- ماهو؟
بدت عيناه حمراوين كالدم، زائغتين في ارتياع، وهو يجيبها:
- التفسير الوحيد لكل هذا، هو أننا لم نعد على قيد الحياة.
وخفض عينيه مرة أخرى، مستطردًا:
- لقد متنا.
هتف (ماجد) في استهجان:
- متنا؟!.. أي قول أحمق هذا؟
هز (رمزي) رأسه، وقال:
- لو أنك تمعنت في هذا القول، لوجدته أعقل مما تتصوَّر.. ألن تسمع عن (البرزخ)؟.. تلك الرحلة التي تمر بها الروح، مابين الحياة والموت.. لقد متنا جميعًا في حادث الطائرة، ونحن الآن في (البرزخ)، نستعد لمغادرة الحياة التي نعرفها.
سرت ارتجافة في جسد (منى)، مع هذا التصور، في حين انعقد حاجبا (ماجد) في شدة، وهو يحدق في وجه (رمزي)، قبل أن يقول في استنكار:
- كلَّا.. إنه تصور سخيف.
رفع (رمزي) رأسه إليه في مرارة، وهو يقول:
- حاول أن..
قاطعه (ماجد) في حدة:
- لن أحاول شيئًا، ولن تقنعني نظريتك أبدًا، إننا نجلس هنا، في كوخ حقير، فوق جزيرة صغيرة في قلب المحيط، وأنا أشعر بالبرد والقلق والتوتر، وكل هذه عوامل دنيوية بشرية، يشعر بها الجسد، ولا تشعر بها الروح.. إننا أحياء يا سيِّد (رمزي).. ربما كان الغموض يحيط بنا، ولكننا أحياء.. هل تفهم؟

ثم هب من مقعده، واتجه إلى النافذة، وراح يتطلع عبرها إلى الطائرة المحطمة على الشاطئ، قبل أن يضيف في عصبية:

- وكل ما يمكنني فعله، هو أن أبذل أقصى جهدي، لنغادر هذه الجزيرة الغامضة، ونعود إلى (نيويورك)، وإذا ما كتب لنا هذا، فسيكون أول ما أفعله هو أن أتقدم إليك باستقالة، وأستقل أوَّل طائرة، عائدًا إلى (القاهرة).

غمغمت (منى):

- حسنًا تفعل.

رفع (رمزي) عينيه إليه، وقال في لهجة أقرب إلى البكاء:

- ومن قال إنك ستجد الوقت لهذا.

قال (ماجد) في صرامة:

- المهم أن نحاول.

هزَّ (رمزي) رأسه نفيًا، وقال:

- خطأ يا رجل.. يبدو أنك قد نسيت ما قاله ذلك الشيخ، الذي يعرف كل شيء.. إننا لن نعود إلى (نيويورك) أبدًا.

وانحدرت من عينيه دمعة قهر ومرارة، قبل أن يستطرد:

- إنه قدرنا..

الفصل الرابع

لم تدر الدكتورة (منى) متى وكيف استسلمت للنوم، بعد كل هذه الأحداث، ولكنها استيقظت في الصباح التالي، لتجد نفسها راقدة في ذلك الفراش البدائي، الذي صنعه لها الشيخ، فنهضت منه، وهي تشعر بالإرهاق والتعب، وكأنها لم تذق طعم النوم قط، وتثاءبت وهي تغمغم:

- كان (ماجد) على حق.. إننا على قيد الحياة.

ارتدت ثوبها، وغادرت الكوخ، ولاحظت الشمس المشرقة، والسماء الصافية، التي خلت من أدنى أثر لعاصفة البارحة، ثم تطلعت إلى الشاطئ، ووقع بصرها على (ماجد)، الذي وقف إلى جوار الطائرة عاري الصدر، حافي القدمين، يفحص جناحها المكسور وإطارها المحطَّم، فاتجهت إليه في خطوات متمهلة، وقالت:

- صباح الخير.

ألقى نظرة سريعة عليها، ثم عاد إلى فحص الطائرة، متمتمًا:

- صباح الخير يا سيدتي.

سألته في اهتمام:

- أهناك أمل في إصلاحها؟

أجاب في اقتضاب:

- كل شيء يمكن إصلاحه.

واعتدل مستطردًا في حنق:

- لو كانت هناك الأدوات اللازمة.

شعرت بالأسف لهذا الموقف، ولكنها تجاهلت هذا الشعور، أو حاولت ذلك، وهي تدير عينيها في الجزيرة، قائلة:

- أظن أسوأ ما يمكن أن يحدث، هو أن نضطر للبقاء في هذه الجزيرة طويلًا.

أجابها، وهو يحاول دفع الإطار المحطَّم جانبًا:

- بل أسوأ ما يمكن أن يحدث، هو أن أحيا أنا و(رمزي) في مكان محدود كهذا.

ابتسمت قائلة:

- أتبغضة إلى هذا الحد؟

عقد حاجبيه، وهو يجيب:

- بل أبغض هذا الوضع، الذي تسبَّب هو في وجودي فيه.

سألته:

- أتقصد وجودنا هنا؟
هزَّ رأسه نفيًا، وقال:
- بل استقالتي من شركة الطيران، وعملي لحسابه.
تطلعت إليه لحظات، وقالت:
- لا تنس أنك فعلت هذا بمحض إرادتك.
مط شفتيه، وقال:
- وهذا ما يزيد من إحساسي بالمرارة.
لمحت الشيخ يأتي من بعيد، حاملًا صندوقًا متوسط الحجم، فقالت:
- ها هو ذا شيخنا الغامض.
اعتدل يتطلَّع إلى الشيخ، الذي اقترب منهما في بطئ، ثم وضع الصندوق أمام (ماجد)، قائلًا:
- هل هي ذي الأدوات كلها.
حدق (ماجد) و(منى) في وجهه بذهول، قبل أن يسأله الأول في حدة:
- أية أدوات؟
أجابة في هدوء:
- الأدوات اللازمة لإصلاح الطائرة.
حدَّق (ماجد) في وجهه مرة أخرى في ذهول، ثم انحنى يفحص الصندوق ومحتوياته، قبل أن يعتدل قائلًا في توتر:
- كل ما أحتاجه بالفعل، دون قطعة واحدة زائدة.
لم تتمالك (منى) نفسها، فسألت الشيخ في دهشة:
- هل تعرف شيئًا عن إصلاح الطائرات؟
هزَّ الشيخ رأسه نفيًا، وحمل وجهه ابتسامته الهادئة، وهو يجيب:
- مطلقًا يا سيدتي.. إنني حتى لم أشاهد طائرة واحدة في عمري كله.
كادت تسأله كيف عرف المطلوب، لإصلاح الطائرة، ولكن (ماجد) سبقها بسؤاله، قائلًا:
- كيف أتيت إلى هنا إذن؟
أجابه في هدوء:
- إننا أسرة عريقة، نتوارث حراسة الجزيرة المقدسة، وكل منا يصل إليها بزورق من صنع الأسرة، في نفس يوم وفاة الحارس السابق له.
برقت عينا (ماجد)، وأمسك كتفي الشيخ في قوة، هاتفًا:
- إذن فأنتم تمتلكون وسيلة اتصال بالعالم الخارجي.. أين هي يا رجل؟.. أخبرني بالله عليك.

أزاح الشيخ يديه في رفق، وهو يقول:
- إننا لا نمتلك أية وسيلة للاتصال يا ولدي، ولكن كل منا يعرف موعد وفاة سابقه بالتحديد.
هتف به في حدة:
- كيف؟
أجابه الشيخ في بساطة:
- إنه تاريخ.. أعني إنه القدر.
زفر (ماجد) في توتر، ولوَّح بذراعه، قائلًا:
- لن أحاول الفهم.. لقد يئست.
وعاد يفحص الطائرة في اهتمام، في حين التفتت (منى) إلى الشيخ، وسألته في اهتمام بالغ:
- كيف تعرف كل هذا؟
هز رأسه في وقار، وقال:
- لا يمكنني أن أخبرك يا سيِّدتي.
سألته في انفعال:
- ولماذا لا يمكنك هذا؟
أجابها في هدوء:
- لأنه من المحظور التدخل في التاريخ.
تراجعت في حدة، هاتفة:
- التاريخ؟!
قفز إلى ذهنها فجأة خاطر خرافي أفزعها، فحدقت في وجه الشيخ في تردّد، وهمت بإلقاء سؤال ما عليه، لولا أن ارتفع صوت (رمزي)، وهو يهتف:
- أين طعام الإفطار؟.. إنني جائع.. أين ذلك الشيخ المأفون؟
توقَّعت (منى) أن يغضب الشيخ، إلا أنه ظل محتفظًا بابتسامته، وهو يقول:
- معذرة يا سيدتي.. سأعد طعام الإفطار على الفور.
استدار لينصرف، ولكنها أمسكت ذراعه في حزم، واستوقفته لتسأله:
- أخبرني أيها الشيخ.. ما اسمك؟
انحنى أمامها، وأجاب:
- خادمك المتواضع (فانج) يا سيدتي.
سألته في توتر:
- كيف تتحدث العربية يا (فانج)؟
أجابها بابتسامته، التي أصبحت تثير أعصابها:

- لقد تعلمتها لاستقبالكم يا سيدتي.
كان هذا الجواب يفزعها، فألقت عليه ذلك السؤال، الذي يجثم على صدرها:
- أأنت من المستقبل؟
ارتفع حاجبا الشيخ في دهشة، ثم عاد يبستم قائلًا:
- من المستقبل؟!.. كلا بالطبع يا سيَّدتي.. لست من المستقبل.. من أوحى إليك بهذا الخاطر العجيب؟
صاح (رمزي) في تلك اللحظة:
- الطعام.
وهنا انحنى (فانج) أمامها مرة أخرى، وقال:
- معذرة يا سيدتي.. إنني مضطر للانصراف.
تطلعت إليه في حيرة وهو ينصرف، وسمعت من خلفها صوتًا ساخرًا، يقول:
- من المستقبل؟!.. يا لها من فكرة!
التفتت في حدة إلى (ماجد)، وقالت:
- ألديك تفسير آخر؟
هز كتفيه، وقال:
- ربما كان مجرد قارئ للغيب.
قالت في حدة:
- ربما.. ولكن هذا أيضًا خاطر عجيب.
أجابها، وهو يستخدم الأدوات، التي أحضرها (فانج)، لإصلاح الإطار:
- فليكن.. لا هذا ولا ذاك يعنياني.. كل ما يهمني الآن هو أن هذه الأدوات ستساعدني – بإذن الله – على إصلاح الطائرة، خلال يوم واحد على الأرجح، وبعدها يمكننا مغادرة هذه الجزيرة اللعينة.
سألته:
- وماذا عن الوقود؟
أجابها، وهو منهمك في إصلاح الإطار:
- لدينا وقود احتياطي، يكفي لساعتين من طيران.
سألته في دهشة:
- لماذا لم تستخدمه إذن، عندما نفد وقود الطائرة؟
التفت إليها في سخرية، قائلًا:
- وكيف كنت تقترحين وضعه في خزان الوقود، ونحن نطير؟
عقدت حاجبيها في غضب، وأجابت:

- عادة ما يكون هناك مدخلا لخزان البنزين داخل الطائرة أيها الذكي.
رأت الدهشة على وجهه، وعرفت أن كلامها كان خطأ، ولكنها أشاحت بوجهها في كبرياء، واتجهت نحو الكوخ، وأحنقها أن هتف خلفها في سخرية:
- لا تنسى استدعائي، عندما ينتهي إعداد طعام الإفطار يا خبيرة الكمبيوتر.
وأعقب هذه بقهقهة عالية، جعلتها تهتف محنقة:
- أيها الوغد.
وواصلت طريقها إلى الكوخ، وهناك وجدت (رمزي) يقول لـ(فانج) في خبث:
- حسنًا.. فلنجعلها ثلاثة ملايين.. ما رأيك؟
هزَّ الشيخ رأسه نفيًا، وهو يبتسم قائلًا:
- أؤكد لك يا سيد (رمزي)، أنني لا أمتلك أية وسيلة، سرية أو علنية، لمغادرة الجزيرة، فكل منا يحطم زورقه فور وصوله.
تدخلت (منى)، قائلة:
- لا داعي لخسارة الملايين يا (رمزي).. (ماجد) يحاول إصلاح الطائرة.
هتف في لهفة:
- حقًا؟!.. أتظنين أنه سينجح؟
أجابه (فانج) في بساطة:
- نعم.. سينتهي من إصلاحها مع غروب شمس اليوم.
تطلعت إليه (منى) في دهشة، وقالت:
- ولكنه يتوقع العمل ليوم كامل.
أجابها الشيخ:
- هذا صحيح، ولكنه سيجد أن الجناح قد انفصل ولم ينكسر، وسيوفر الكثير من الوقت.
نقل (رمزي) بصره بينهما في حيرة، ثم قال في عصبية:
- المهم هل سيمكننا مغادرة الجزيرة؟
تطلَّعت (منى) إلى (فانج)، تنتظر منه الجواب، ولكنه ظل صامتًا مبتسمًا، في حين وصل (ماجد)، وهو يقول:
- هل أعددتم طعام الإفطار؟
نهض (فانج) قائلًا:
- سيكون جاهزًا بعد دقائق.
هتف (ماجد):

- عظيم.
ثم التقط منشفة قديمة، ومسح بها يديه في حماس، جعل (منى) تسأله:
- ما أخبار إصلاح الطائرة؟
أجابها بسرعة:
- عظيمة.. كنت أتصور أن الجناح مكسور، ولكنه انفصل فحسب، وهذا
يعني أن الإصلاح سيستغرق وقتًا أقل مما كنت أتوقع.
حدَّق (رمزي) في وجهه بدهشة، ثم هتف:
- يا لهذا الشيخ العجيب!
سأله (ماجد):
- ماذا حدث منه؟
أجابته (منى):
- لقد أخبرنا منذ لحظات بما أخبرتنا أنت به الآن.
ارتفع حاجباه في دهشة، وهو يقول:
- حقًّا؟!
ثم انعقد الحاجبان، وهو يستطرد:
- هذا الشيخ يخفي سرًا غامضًا.
تمتمت (منى):
- ومخيفًا.
تنهد (رمزي)، وقال في خوف:
- الأمر يبدو كما لو أن هذه الجزيرة هي أرض القدر نفسه.
قال (ماجد):
- يا لها من فكرة!
ولكن العبارة أصابت عقل (منى) في الصميم..
نعم.. إنها الجزيرة التي يتصورها..
جزيرة القدر.

❀ ❀ ❀

الفصل الخامس

انتهى (ماجد) من إصلاح الطائرة، مع مغيب الشمس، وتنهَّد في ارتياح، وهو يقول:

- لقد أصلحنا البطة العجوز.

هتف به (رمزي) في لهفة:

- أيمكننا الرحيل إذن؟!.. هيا بنا.. هيا.

أجابه (ماجد) في خشونة:

- مهلًا يا رجل.. إننا لن نغادر هذه الجزيرة قبل الصباح.

صاح به (رمزي):

- لماذا؟.. لماذا تنتظر حتى الصباح؟.. إنني لم أعد أحتمل البقاء هنا لحظة واحدة، بعد إصلاح الطائرة.

قال (ماجد) في صرامة:

- ولن أسمح لك بتحطيم آخر أمل لنا، بغرورك وعنادك وسخافتك وجبنك.. لقد أصلحنا الطائرة بالفعل، ولكن البوصلة وجهاز الإرسال مازلا محطمين، ولن أخاطر بطيران ليلي دونهما.. هل تفهم؟

انكمش (رمزي) في مكانه، ثم لم يلبث أن هتف في حدة:

- فليكن، ولكن فور وصولنا إلى (نيويورك)، اعتبر نفسك مفصولًا.

قال (ماجد) في غضب:

- ما رأيك في تقديم استقالتي من هذه اللحظة؟

صاح به (رمزي):

- أنت مسئول عن إعادتي إلى (نيويورك).

وهنا تدخلت (منى)، صائحة:

- كفى.. إنكما تتشاجران كصبيين صغيرين.

رمقها (ماجد) بنظرة غاضبة، ثم أشاح بوجهه عنها، في حين قال (رمزي) في عصبية:

- أنت على حق.

واندفع عائدًا إلى الكوخ، مغمغمًا في غضب:

- أين ذلك الشيخ اللعين؟.. متى سيعد طعام العشاء؟

مط (ماجد) شفتيه في ازدراء، وهو يتابعه ببصره، قبل أن يقول:

- إنه يتصوَّر نفسه في فندق ذي خمسة نجوم.

ابتسمت (منى)، قائلة:

- هذا شأن كل المليونيرات.. يتصورون أن الدنيا قد خُلقَت من أجلهم.
رمق (رمزي) بنظرة احتقار أخرى، قبل أن يستطرد:
- القبور مليئة بأولئك، الذين ظنوا أن الحياة لن تسير بدونهم.
تطلَّعت إليه لحظات في صمت، وقالت:
- من الواضح أنك مثقف.
أجابها في ضيق:
- أنسيت أنني طيار مدني؟
هزت رأسها نفيًا، وقالت في حنان:
- لا.. لم أنس.
تطلَّع لحظات إلى الشمس الغارقة في الأفق، ثم جلس على الرمال، يراقب الأمواج الهادئة، التي تضرب الشاطئ في تتابع ورتابة، ووقفت هي تتطلع إليه في إعجاب، ثم جلست إلى جواره، وسألته:
- ما أوَّل ما ستفعله في (القاهرة)، بعد نجاتنا من هنا بإذن الله؟
تنهَّد في عمق، وأجاب:
- سأتقدم بطلب، لعودتي للعمل في شركة (مصر للطيران).
قالت في اهتمام:
- يمكنني أن أعاونك في هذا، فشقيقي أحد مديري الشركة.
هتف بها:
- حقًا؟!
أومأت برأسها أيجابًا، وهي تبتسم ابتسامة رقيقة جذابة، تطلَّع هو إليها طويلًا، قبل أن يقول:
- أتعلمين أن لك أجمل ابتسامة في الدنيا كلها؟
تخضب وجهها بحمرة الخجل، وخفضت عينيها في حياء، وهي تتمتم:
- شكرًا.
خفق قلبه لأوَّل مرة، وهو يتأمل جمالها الفتان، ثم سألها:
- أخبريني يا دكتورة (منى). لماذا لم تتزوجي حتى الآن؟
هزَّت كتفيها، وقالت:
- لم أجد الشخص المناسب.
تطلَّع إليها لحظات في صمت، ثم عاد يتطلَّع إلى الشفق المظلم..
وران عليهما الصمت طويلًا..
طويلًا جدًا..
وعندما قطعت (منى) حبل الصمت، كان الظلام قد ساد المكان، وهي تقول:

- إنني أشعر بالبرد.
ود لو ضمها إلى صدره، ومنحها الدفء والحب والحنان، إلا أنه قاوم رغبته هذه، وقال:
- عودي إلى الكوخ إذن، وحاولي النوم مبكرًا، فسنرحل مع الفجر.
بقيت جالسة إلى جواره دقيقة في صمت، ثم نهضت قائلة:
- أنت على حق.
وانصرفت عائدة إلى الكوخ، تاركة إياه على الشاطئ، يتطلع إلى الظلام، ويستمع إلى صوت الأمواج، وهي تتكسر على الرمال والصخور..
ولم يدر كم بقى هذا الوضع..
لقد سبحت به الذاكرة بعيدًا، وراح يسترجع كل تفاصيل حياته السابقة، من دراسته، وعمله بشركة الطيران، واستقالته، والتحاقة بالعمل لدى (رمزي)، و..
وفجأة لمح (فانج)..
لمحه يسير بهدوئه المعهود، متجهًا نحو مرتفع صخري قريب..
وفجأة راودته رغبة عارمة في مراقبة (فانج)..
رغبة وضعت نفسها على الفور موضع التنفيذ، فانتزع نفسه من مكانه، وأسرع على أطراف أصابعه خلف الشيخ، الذي واصل سيره في هدوء، حتى بلغ حائطًا صخريًا أملس، عند قاعدة المرتفع، فتوقف أمامه، ومد يده يلصقها بزاويته العليا..
واتسعت عينا (ماجد) في دهشة..
لقد رأى الحائط الصخري ينزاح جانبًا، وتنبعث من خلفه أضواء قوية، غاص فيها الشيخ، قبل أن يعود الحائط الصخري إلى موضعه، ويغلق خلفه، ويعود الظلام والسكون إلى المكان..
وفي دهشة، هتف (ماجد)، وهو يسرع نحو الحائط الصخري:
- ما هذا؟.. افتح يا (سمسم)!!
بلغ الحائط الصخري، وراح يفحصه في حيرة..
كان جدارًا من الصخر الأملس، من المستحيل أن يتصور مخلوق واحد أنه من صنع البشر، أو أنه قادر على الحركة..
وفي اهتمام، فحص (ماجد) الزاوية العليا للحائط الصخري، ولكنه لم يجد فيها شيئًا يميزها عن باقي الحائط، فتراجع متمتمًا في حيرة:
- ما الذي يحدث هنا؟

لم يكن يدرك ما يحدث بالفعل، ولكنه كان واثقًا من أنه شيء يحمل حل لغز الجزيرة..

جزيرة القدر..

❁ ❁ ❁

تقلبت (منى) في فراشها كالمحمومة، وهي تفكر في لغز الجزيرة الغامضة، التي ساقها القدر إليها..

لماذا جاءت إلى هنا؟

هل ستعود؟..

كيف يمكنها أن تحيا مرة أخرى، دون أن تعرف حل هذا اللغز؟

قلب عقلها الأمر على كل وجوهه، وحاولت أن تجد تفسيرًا لذلك اللغز الغامض، إلا أن عقلها عجز تمامًا عن هذا..

وفجأة شعرت بحركة مريبة أمام باب حجرتها، فانتفضت في ذعر، وهبت جالسة على طرف الفراش، وخفق قلبها في خوف، عندما لمحت تلك اليد، التي أزاحت ستارة الباب، قبل أن تسمع صوت (ماجد)، وهو يقول:

- دكتورة (منى).. أأنت مستيقظة؟

ازدردت لعابها، وتنهَّدت في ارتياح، وقالت:

- نعم يا (ماجد).. ماذا حدث؟

دلف إلى حجرتها، وهو يقول في انفعال:

- لقد تتبعت الشيخ.

لم تسأله لماذا فعل، وإنما سألته في لهفة:

- وماذا وجدت؟

لوح بكفه، قائلًا:

- أشياء غامضة ومثيرة.

سألته في اهتمام:

- مثل ماذا؟

ارتفع من عند باب الحجرة صوت (رمزي)، في هذه اللحظة، وهو يقول:

- يا للصفاقة!.. كيف جرؤتما على اللقاء سرًا؟

التفت إليه (ماجد)، وقال في صرامة:

- كف عن هذه السخافات، واستمع إلى ما كشفته.

نسى (رمزي) على الفور أمر الصفاقة واللقاءات السرية، وقال في قلق:

- ما الذي كشفته؟

أجاب (ماجد):

- هناك كهف سري، على هذه الجزيرة، ومن المؤكد أن يخفي سر كل هذه الألغاز.
سالته (منى):
- وأين هذا الكهف؟
قص عليهما ما حدث بالتفصيل، وأشار إلى الوسيلة، التي فتح بها (فانج) الحائط الصخري، وكيف عجز هو عن العثور عليها، فقالت (منى) في حماس:
- إنه قفل حراري، يلتقط حرارة اليد، ويحولها إلى طاقة كهربية، لفتح الباب السري.
أطلق (رمزي) من بين شفتيه صفيرًا، وقال:
- هذا الصيني يمتلك أجهزة متطوَّرة للغاية، وهو يخفي جهاز اتصال حتمًا.
تجاهلته (منى)، وهي تسأل (ماجد):
- أنت تعرف موضع ذلك الجدار الصخري.. أليس كذلك؟
أجابها في حماس:
- بلى.. أتحبين الذهاب إلى هناك؟
هتف (رمزي):
- بالطبع.. سنذهب جميعًا.. هيا بنا.
غادر ثلاثتهم الكوخ، واتجهوا نحو المرتفع الصخري، حيث يوجد الحائط الأملس، ولكن (رمزي) قال فجأة في يأس:
- لقد تأخرنا.. ها هو ذا الصيني.
التفت (ماجد) و(منى) إلى حيث يشير (رمزي)، وقال (ماجد) في غيظ:
- لقد غادر اللعين كهفه السري.
ثم اندفع نحو (فانج)، مستطردًا:
- ولكنه سيعود إليه.
فوجئ (فانج) بـ(ماجد) ينقض عليه، فتراجع في دهشة قائلًا:
- ماذا هناك يا سيد (ماجد)؟
أحاط (ماجد) عنق (فانج) بذراعه في عنف، وقال في صرامة:
- ما رأيك في العودة إلى كهفك السري يا سيد (فانج)؟
تحشرج صوت (فانج)، وهو يقول:
- أي كهف سري يا سيد (ماجد)؟
وصل (رمزي) و(منى) في هذه اللحظة، وقال (رمزي) في عصبية:
- لا داعي للإنكار أيها الشيخ الأحمق.. لقد راقبناك، وعرفنا كل شيء.

لم يحاول (فانج) الإنكار، بعد هذه العبارة، وقال:

- من الخطأ أن تذهبوا إلى هناك.. إنكم ستفسدون كل شيء لو فعلتم.

شدَّد (ماجد) من ضغط ذراعه على عنق (فانج)، وهو يقول:

- ولكننا نصر.

أما (منى)، فسألت (فانج) في انفعال:

- هيا يا (فانج)، لماذا ترفض أن تقودنا إلى هناك؟

أجابها بصوت مختنق:

- لأن هذا خطأ.

قالت في توتر:

- دعنا نحن نحدد الخطأ والصواب يا (فانج).

هز رأسه في نفي، قائلًا:

- ليس من حقي أن أفعل.

وهنا دفعه (ماجد) أمامه في عنف، وهو يقول:

- سنجبرك إذن.

دفعه أمامه إلى الجدار الصخري الأملس، وقال في خشونة:

- افتحه.

قال (فانج) في إصرار:

- لا يمكنني أن أفعل.

ولكن (ماجد) أمسك معصمه في عنف، وحمله في قوة، وألصق راحته، بالزاوية العلوية للحائط الصخري..

وفي بطئ، انزاح الحائط الصخري، وغمر الضوء وجوه الجميع.. وللحظات، غشى الضوء أبصار الثلاثة، ثم فتحوا عيونهم..

واتسعت العيون عن آخرها..

كان ما يرونه أمامهم مذهلًا..

مذهلًا بحق..

✿ ✿ ✿

الفصل السادس

حتى في أكثر الاحتمالات غرابة وخيالية، لم يتصوَّر (ماجد) أو (رمزي) أو (منى) أن يجدوا شيئًا كهذا، في جزيرة نائية مجهولة، في قلب المحيط.. لقد كانت أمامهم قاعة هائلة، اكتظت بعدد كبير من أجهزة الكمبيوتر، وعشرات الأجهزة الإلكترونية والشاشات الأخرى..

وفي انبهار، هتفت (منى):

- ما هذا؟.. عالم (ديزني)؟!

وفي غمرة ذهوله، تخلى (ماجد) عن عنق (فانج)، وتقدَّم إلى القاعة، وراح يدير عينيه فيها مبهورًا مشدوهًا، وسمع (رمزي) يهتف:

- يا إلهي!.. إنها قاعة كمبيوتر كاملة.. إنها تساوي مليار دولار على الأقل.

وهتفت (منى):

- ولكنها ليست أجهزة حديثة.. إن عمرها يعود إلى أوائل السبعينات.

قال (فانج) في هدوء أسف:

- بل إن عمرها مليونا عام على الأقل.

التفتوا إليه في دهشة، وهتف (رمزي) مستنكرًا:

- مليونا عام؟!.. أأنت مخبول يا رجل؟.. من كان يمكنه صنع شيء كهذا، منذ مليوني عام؟.. أو حتى منذ خمسين عامًا فحسب.

أجابه (فانج):

- لقد صنعها (كيرو أوهايو)، ونقلها إلى هنا بنفسه.

حدَّقت (منى) في وجهه، وقالت:

- أنت مجنون بالفعل.. لقد تُوفي (كيرو أوهايو)، منذ عشرة أعوام فحسب، وترك خلفه أعظم مصانع أجهزة الكمبيوتر في العالم، فكيف بنى هذه القاعة المبهرة، منذ مليوني عام؟

تنهَّد (فانج)، وقال:

- لا بأس.. ما دمتم قد كشفتم الأمر، فلن يضير أن تعلموا كل شيء.. (كيرو أوهايو)، الذي تتحدثين عنه، هو السابع على هذه الأرض، أما من صنع هذا الشيء، فهو الخامس.

بدت عبارته أشبه بلغز غامض، جعل الجميع يحدَّقون في وجهه في دهشة، قبل أن تقول الدكتورة (منى) بصوت مرتجف:

- ماذا تعني بهذا القول العجيب يا (فانج)؟

تنهد (فانج) مرة أخرى، وقال:

أنا واثق من أن ما سأخبركم به سيصعقكم، وسيبدو لكم أشبه بحلم مجنون، ولكنه الحقيقة، على الرغم من كل غرابته واستحالته..
ولكي تفهموا ما سأقول، ينبغي أن أنقل إليكم أولًا تلك النظرية، التي توصل إليها (كيرو أوهايو) الخامس، منذ مليوني عام تقريبًا.
غمغم (رمزي):
- هذا الشيخ مخرف مخبول.
ولكن (فانج) تابع، وكأنما لم يسمع ما قاله (رمزي):
- منذ حداثته، كانت نظرية (أينشتين) تشغل عقل (كيرو أوهايو) الخامس، وخاصة ذلك الجزء منها، الخاص بالزمن والكون، ففيه يقول (أينشتين) إن الزمن والكون لا نهائيين، ولكنهما محدودان، ومعادلات (أينشتين) تثبت هذا، ولكن دون دليل فعلي.
قال (رمزي) في حدة:
- أرأيتما كذب هذا الرجل؟.. ألم أقل لكما إنه مجنون؟ كلنا نعلم أنه لم يكن هناك أي (أينشتين)، منذ مليوني عام.
قال (ماجد) في صرامة:
- اصمت يا (رمزي).
أطبق (رمزي) شفتيه في غضب، في حين واصل (فانج) حديثه:
- النقطة الرئيسية، التي حيرت (كيرو أوهايو)، هي كيف يكون الزمن لا نهائيًا، ولكنه محدود!.. ثم فجأة توصل إلى الحل.. الوسيلة الوحيدة، التي يكون الزمن فيها لا نهائيًا، ولكنه محدود، هو أن يكون دائريًا، فمحيط الدائرة لانهائي، حيث أن السائر على محيطها لن يجد بداية أو نهاية أبدًا، ولكنه في الوقت نفسه محدود، بدليل قدرتنا على قياسه، من نقطة إلى أخرى.
والتقط أنفاسه، قبل أن يسأل في اهتمام:
- ولكن كيف يثبت (كيرو أوهايو) نظريته؟!
سألته (منى) في اهتمام تام:
- كيف؟!
أجابها (فانج):
- لقد تفتق ذهنه عن نظرية مدهشة، تقول إن الأحداث كلها، بما فيها مولد وموت الأشخاص والأشياء، كلها تمضي في ذلك الزمن الدائري، بدئًا من نقطة محدودة، وحتى تبلغ هذه الأشياء نقطة النهاية، ثم تتبعها البداية مرة أخرى.. وهذه النظرية تعني أن كل شيء يتكرر مرة ثانية، وثالثة، ورابعة.. إلخ.. كل الأشخاص تظهر مرة أخرى، وتحيا بنفس النمط والأسلوب،

وتؤدي نفس الأفعال والأشياء، وتنتهي نفس النهاية، في نفس التوقيت.. تمامًا كفيلم سينمائي، يعاد عرضه مرة أخرى بعد مرة بعد مرة، وكأننا أوصلنا نهايته ببدايته، وتركناه يمضي بلا نهاية.

هتف (رمزي):

- فكرة مجنونة.

رمقه (ماجد) بنظرة صارمة، في حين تابع (فانج):

- وليثبت نظريته هذه، اختار (كيرو) هذه الجزيرة النائية المهجورة، ووضع عليها كل هذه الأجهزة، التي تقتصر مهمتها على تسجيل كا ما يحدث في العالم، وعلى الجزيرة بالذات، ثم التأكد منه في جيل ثان، ودورة زمنية أخرى..

وصمت لحظات، ليلتقط أنفاسه، ويجفف بعض العرق عن جبينه، قبل أن يستطرد:

- وبعد عشر سنوات من وضع الأجهزة على الجزيرة، مات (كيرو) بأزمة قلبية، وترك أجهزته تعمل، بعد أن اختار أسرتي لحراستها وصيانتها ورعايتها، على مر الزمن.. ومضت السنوات والسنوات، وانتهت دورة زمنية، وبدأت الأحداث تكرارها السادس، وراحت أسرتي تسجل ما يحدث لحظة بلحظة، على سطح الجزيرة، وتوارثنا حراسة الجزيرة، وصيانة الأجهزة، حتى انتهى الجيل السادس، وبدأ الجيل السابع.. ومع بدايته، بدأت مرحلة التحقق من نظرية (كيرو)..

قال (ماجد) في اهتمام:

- وهل جاء (كيرو أو هايو) السادس، في نفس الموعد، الذي وصل فيه (كيرو أو هايو) الخامس؟

أومأ (فانج) برأسه إيجابًا، وقال:

- نعم.. في نفس اللحظة بالضبط.. جاء حاملًا أجهزته وأدواته، واستقبلته نسختي السادسة كما سبق أن استقبل نسختي الخامسة نسخته، في الدورة الزمنية السابقة، ولكن سعادة (كيرو أو هايو) السادس كانت عظيمة، فقد جاء ليثبت نظريته، فوجدها وقد أثبتت بالفعل، وأعدم الأجهزة القديمة، ورحل.

وهنا هتفت (منى) فجأة:

- لحظة يا (فانج).. كيف عرف (كيرو أو هايو) أنه السادس أو الخامس بالتحديد؟

أجابها (فانج):

- لم نعرف هذا إلا مع بداية الزمنية السابعة، فقد لاحظنا أن رقم (خمسة) كانت له دلالة محدودة، في الدورة التي صنع فيها (كيرو أوهايو) الأجهزة الأولى، ثم أصبح الرقم (ستة) هو المفضل في الدورة التالية، وبعده الرقم (سبعة) في هذه الدورة.

سألته في حيرة:

- وماذا يعني هذا؟

أجابها في هدوء:

- ألم تنتبهي إلى أن الرقم (سبعة) هو كل شيء، في هذه الدورة الزمنية؟.. ألوان الطيف السبعة، أيام الأسبوع سبعة، فقرات العنق سبعة، السموات.. الأرض.. كل شيء تقريبًا.

ارتسمت الدهشة على وجهها، وقالت:

- وكيف كانت الألوان في الدورة السابقة؟.. أكانت ستة ألوان طيف فحسب؟

ابتسم وهو يجيبها:

- هذا أمر عسير الشرح يا سيدتي.

قال (ماجد):

- وهل جئنا نحن في الدورة السابعة؟

أومأ برأسه إيجابًا، وقال:

- بالطبع.. أنتم البشر الوحيدون، الذين وطنوا أرض الجزيرة بأقدامهم، بخلاف أسرتي، والسيد العظيم (كيرو أوهايو)، وكنا ننتظر وصولكم في الدورة السابعة، لتتأكد نظرية (كيرو) أكثر.

سألته (منى):

- وهل وصل (كيرو) السابع؟

ابتسم مجيبًا:

- نعم.. وكان لي شرف استقباله هذه المرة.

سألته في حيرة:

- لماذا لم يعلن على العالم نجاح كشفه إذن؟

أجابها في احترام:

- قال إنه سيترك هذا لنسخته القادمة، في الدورة الثامنة، فلقد بدأ المشروع في الدورة الخامسة، وكانت الدور السادسة مرحلة تسجيل، أما السابعة، فهي مرحلة تأكيد للنظرية، وفي الثامنة يحين موعد الكشف عن النظرية.

هتف (رمزي):

- يا إلهي!.. إنها تكون بذلك أطول نظرية، في تاريخ الكون.

قال (فانج) في حزن:

- ولكنكم تعرضون تجربة مليوني عام للفشل.

كاد (ماجد) يسأله عما يعنيه، ولكن (منى) اندفعت تسأله في اهتمام:

- قل لي يا (فانج).. ماذا سيكون قدرنا؟

خفض (فانج) عينيه، دون أن يجيب، فسألته في إصرار:

- هل سننجو من هنا؟

تنهَّد (فانج) في عمق، وقال:

- إنكم ستغادرون الجزيرة عند الفجر.

سأله (رمزي) في لهفة:

- وماذا بعد؟

تطلع إليه (فانج) لحظات في صمت، ثم قال:

- وستصادفكم عاصفة أخرى، فتسقط طائرتكم، بعد ساعتين من إقلاعها، و..

صاحت به (منى):

- وماذا؟

أجابها في حزن، وبصوت جمَّد الدماء في عروق الجميع:

- وتموتون.. جميعًا.

وانهار الأمل في القلوب..

الفصل السابع

قضت (منى) ساعة كاملة تبكي في حجرتها دون انقطاع..

إذن فهذه هي النهاية..

أن تلقي مصرعها غرقًا، بعد يومين فحسب، من إعلانها بحث عمرها كله..

لماذا؟..

لماذا يكون هذا قدرها؟

وشعرت في هذه اللحظة باحتياج شديد إلى (ماجد)..

تمنت لو قضت بين ذراعيه الساعات الباقية من عمرها..

ولكن أين هو؟..

أين (ماجد)؟..

غادرت حجرتها بحثًا عنه، وهي تجفف دموعها، فوجدت (رمزي) يجلس إلى المائدة الخشبية، في الردهة الصغيرة كالمصعوق، يحدق في النافذة المفتوحة في صمت وخواء، فاقتربت منه تسأله:

- أين (ماجد)؟

فوجئت به يقول:

- لن أرحل.

خيل إليها أنها لم تسمع قوله جيدًا، فسألته:

- ماذا تقول؟

فوجئت به ينفجر في وجهها، صائحًا:

- قلت: إنني لن أرحل.. أأنت صماء؟.. ألا تسمعين؟.. قلت: إنني لن أرحل.. لن أرحل.. لن أرحل.....

سألته مبهوتة:

- ولكن لماذا؟

صرخ في وجهها:

- لأفسد هذا القدر.. لأنقذ نفسي من موت محتوم.

ثم هب من مقعده، وراح يلوح بذراعيه، هاتفًا:

- سأبقى هنا.. ربما عبرت طائرة، أو سفينة.. سأشعل نارًا دائمة في الليل، حتى يأتي من ينقذني.

قالت في توتر:

- ولكنك سترحل معنا حتمًا، ولن يمكنك الفرار من هذا، لو أنه حقًا قدرك.

هتف في حدة:

- من قال هذا؟.. إنني سأبقى، وسأتحدى ما قاله الشيخ.. هذه هي الوسيلة الوحيدة لتحطيم القدر.

قالت في صرامة:

- القدر لا يمكن تحطيمه.

وغادرت الكوخ غاضبة، وتطلَّعت ببصرها إلى (ماجد)، الذي انهمك في تثبيت جذعي أشجار إلى جانبي الطائرة، فاتجهت إليه، قائلة:
- ماذا تفعل؟
أجابها في حسم:
- أحصن الطائرة ضد الغرق.
سألته في قلق:
- هل سترحل عند الفجر؟
أجابها:
- كلنا سنرحل، وسنعود إلى (نيويورك) سالمين بإذن الله.
أمسكت كفه، وهي تقول:
- ولم لا نتحدى التاريخ؟
التفت إليها يسألها:
- ماذا تعنين؟
أجابته، في لهجة أقرب إلى الضراعة:
- دعنا نشارك (رمزي) فكرته، فلا نرحل من هنا، وبذلك نفسد التسلسل كله.
قال في حزم:
- بل سنرحل.. وفي موعدنا تمامًا.
صاحت به:
- هل تصر على قتلنا جميعًا؟
أجابها في حدة:
- ومن قال إن نبوءة ذلك الشيخ ستتحقَّق؟
قالت بصوت مرتفع:
- كل ما قاله من قبل تحقَّق.. أنسيت هذا؟
صاح:
- لأننا لم نحاول مقاومته.
سمع الشيخ صوتهما، فاقترب منهما، ووقف يستمع إليهما في صمت، في حين جاء (رمزي) على صوت شجارهما، وقال في عصبية:
- عدم رحيلنا هو الوسيلة المثلى لمقاومته.
أجابه (ماجد) في حزم:
- بل رحيلنا هو الوسيلة لذلك.
لوّح (رمزي) بذراعيه في عصبية، وهو يهتف:
- إنك مجنون.. عنادك هذا سيقتلنا جميعًا.
صاح (ماجد):
- بل الخوف هو الذي سيحطمكم... ألم تلاحظوا ما لاحظته أنا، في قصة (فانج) هذه؟.. إن الزمن لا يسير على وتيرة واحدة أبدًا، والأحداث لا تتكرر على نحو نمطي ثابت، كما تتصوَّرون، وإلا فكيف تجاوز (كيرو) الخامس هذه الوتيرة، ووضع أجهزته في

هذه الجزيرة؟.. وكيف جاء (كيرو) السادس ليجد الأجهزة هنا، في حين لم تكن هناك أجهزة، عندما جاء (كيرو) الخامس؟

برقت عينا (منى)، وهتفت:

- يا إلهي!.. أنت على حق يا (ماجد).. لقد حدث اختلال في الدورة الزمنية بالفعل.

أشار (ماجد) إلى صدره، وقال:

- نحن أيضًا صنعنا اختلالًا آخر، في الدورة الزمنية، ويمكنكما سؤال (فانج)، الذي سيؤكد لكما أن أشباهنا في الدورة السادسة، لم يكشفوا سر الجزيرة.. أليس كذلك يا (فانج)؟

أومأ (فانج) برأسه إيجابًا، وقال:

- هذا صحيح.

صاح (ماجد):

- إذن فقد اختلت الدورة الزمنية، ولم تتحقق نظرية (كيرو)، بنسبة مائة في المائة، وهذا يعني أنه من الممكن أن ننجو.

صرخ (رمزي):

- قل ما يحلو لك، ولكنني لن أرحل من هنا.

أشار (ماجد) إلى الأفق، وهو يقول في صرامة:

- اسمع يا (رمزي).. ستشرق الشمس بعد لحظات، وسأقلع بهذه الطائرة، سواء شئت أن تستقلها معي ومع (منى)، أم أبيت.

عقد (رمزي) ذراعيه أمام صدره، وقال في عناد:

- سأبقى.

وهنا قال (فانج) في هدوء:

- أخشى أنه لن يمكنك هذا يا سيد (رمزي).

قال (رمزي) في عداونية:

- أتحداك أن تحاول منعي أيها الصيني.

وفجأة هوى (ماجد) على فك (رمزي) بلكمة كالقنبلة، وهو يقول:

- سأمنعك أنا.

تلقى (رمزي) اللكمة، وارتج كيانه كله، ثم سقط كالحجر فاقد الوعي، فانحنى (ماجد) يحمله، وهو يقول:

- هيا يا (منى).. سنرحل.

سألته في انفعال:

- لماذا فعلت به هذا؟

أجابها وهو يضع (رمزي) على مقعده داخل الطائرة، ويربط وسطه بحزام المقعد:

- إنني أفعل هذا لصالحه، فهذه الجزيرة بعيدة عن خطوط الطيران والملاحة، ولست أملك بوصلة لتحديد موقعها فيما بعد، ولو تركناه هنا فسينتهي إلى الأبد، كفأر ضل طريقه، وسط صحراء شاسعة، مترامية الأطراف.

لم يعلق (فانج) بكلمة واحدة، في حين تردَّدت (منى) لحظة، ثم أسرعت تستقل الطائرة، وتربط حزام مقعدها حول وسطها، وتبعها (ماجد)، وجلس على مقعد القيادة، وقال لـ(فانج):

- الوداع أيها الشيخ.. سنثبت برحلتنا هذه أنه ما من بشري يملك معرفة الغيب، أو تحديد القدر.

قال (فانج) في هدوء:

- وداعًا.. ومن يدري؟ ربما كنتم بهذا تتبعون قدركم، دون أن تدروا.

أدار (ماجد) محرِّك الطائرة، وانطلق بها فوق أرض الجزيرة، وخفق قلب (منى) في قوة، عندما اقتربت الطائرة من الشاطئ بسرعة، و..

وارتفعت في الهواء..

وبدأت رحلة العودة..

أو رحلة النهاية..

✿✿✿

تأوه (رمزي) في ألم، وهو يستعيد وعيه، وتمتم في احتجاج وسخط:

- ما هذا الصداع العنيف؟.. أين أنا؟

ثم اتسعت عيناه عن آخرهما، عندما أدرك أين هو، وصاح:

- ماذا فعلت أيها الأحمق؟.. لماذا اصطحبتني في رحلتك؟.. أنت مفصول.. مفصول.

أجابه (ماجد) في غضب صارم:

- اصمت يا رجل.. لقد غادرنا الجزيرة بإقلاع ناجح، ونحن نحلق الآن فوق المحيط، في طريقنا إلى (نيويورك)، والجو صحو كما ترى، وسنبلغ المدينة بعد نصف الساعة على الأكثر.

اتسعت عينا (رمزي)، وهو يهتف:

- حقًا؟!

ثم عاد يهتف في عصبية:

- ولكن كيف تثق باتجاهك؟

أجابته (منى)، محاول تهدئته أعصابه:

- إنه يتجه إلى الغرب، ويستدل بحركة الشمس، وموضع شروقها.

صمت لحظة، ثم عاد يهتف في ذعر:

- ولكننا لن ننجو.. هكذا يقول قدرنا.

أجابه (ماجد) في حدة:

- بل هكذا يقول جهاز (كيرو)، وليس قدرنا.. إننا سننجو بإذن الله، وسيكون هذا قدرنا.

ولكن (رمزي) صاح في ذعر:

- كيف تفسر هذا إذن؟

كان يشير إلى الشمال، عبر نافذة الطائرة المجاورة لـ(منى)، التي التفتت إلى حيث يشير بدورها، ثم أطلقت شهقة فزع..

فهناك؛ في الأفق، كانت السحب الداكنة تقترب منهم في سرعة.. ولم ينطق (ماجد) بحرف واحد..

لقد عقد حاجبيه في صرامة، وواصل انطلاقه نحو الغرب في إصرار، في حين راح (رمزي) يصرخ:

- أرأيت ما فعلت بنا.. لقد قدتنا إلى حتفنا.. إننا سنلقي مصرعنا جميعًا.

صاح به (ماجد):

- اصمت يا رجل.

ظل (رمزي) يصرخ:

- اصمت؟!.. أهذا ما تطالبني به؟.. أن أموت في صمت؟.. أهذا ما دفعتنا إليه؟

صرخ به (ماجد):

- قلت لك اصمت.

ولكن العاصفة بلغتهم بسرعة مدهشة، فأظلمت السماء، وانهمرت الأمطار، والتمعت الصواعق وسط السحب الداكنة..

وانكمشت (منى) في مقعدها، وأطلّ الرعب من عينيها، دون أن تنبس ببنت شفة..

إنها النهاية..

تمامًا مثلما قال حارس الجزيرة..

جزيرة القدر..

إنها لحظاتها الأخيرة، كما وصفها (فانج) تمامًا..

لقد قال إنهم سيسقطون، بعد ساعة طيران، وها هي ذي ساعة الطائرة تشير إلى دقيقتين فحسب، قبل إتمام ساعتي طيران..

وارتجف جسدها في رعب، وهي تحدَّق في الساعة، في حين سيطر (ماجد) على الطائرة في صعوبة، وواصل (رمزي) صراخه:

- أنت قتلتنا.. أنت حطمت حياتي.. أنت المسئول.

وفجأة أصدر المحرك فرقعة مخيفة، وهتف (ماجد):

- يا إلهي.. إنه المحرك!

ومالت مقدِّمة الطائرة إلى أسفل، وسقطت كالرصاصة نحو المحيط..

وصرخ (رمزي):

- لا.. لا أريد أن أموت... لا.

أما (منى)، فقد تجمَّدت كل مشاعرها، وهي تحدق في عقرب الثواني بالساعة..

بقيت خمس ثوان..

أربع..

ثلاث..

اثنتان..

واحدة..

وارتطمت الطائرة في عنف بسطح المحيط..

وأظلمت الدنيا أمام عيني (منى)..

وانتهى كل شيء.

✿✿✿

الفصل الثامن

"استيقظي يا (منى).. استيقظي"

تسلَّل ذلك النداء، عبر حواسها المنهارة، وأيقظ مشاعرها النائمة، فتمتمت في صعوبة:

- أين أنا؟

ثم لم يلبث عقلها أن هتف داخلها:

- أأنا على قيد الحياة؟

ثم فتحت عينيها دفعة واحدة، وحدَّقت في وجه (ماجد)، الذي ابتسم هاتفًا:

- حمدًا لله.. لقد استعدت وعيك.

كانت ترقد على سرير صغير فيما يشبه مركزًا طبيًا يتبع لمنشأة عسكرية، فهتفت به في حرارة:

- (ماجد)؟!.. أنحن على قيد الحياة؟

أومأ برأسه إيجابًا، وقال في سعادة:

- نعم يا (منى).. كلنا على قيد الحياة.. لقد سقطت بنا الطائرة في المحيط، ولكن جذوع الأشجار، المثبتة على جانبيها أنقذتنا من الغرق، وجعلت الطائرة تطفو بنا على السطح، حتى لمحتنا بارجة حربية أمريكية، فانتشلتنا، ونجونا.

أغضمت عينيها، وهي تهتف في حرارة:

- حمدًا لله.. حمدًا لله.

أتاها صوت (رمزي) من خلفها، يقول:

- لقد هزمنا جزيرة القدر.

التفتت إليه مبتسمة، وهي تقول:

- بل هي جزيرة (كيرو أوهايو)، و(ماجد) وحده تحدّاها، وهزمها، وانقذ حياتنا.

مطَّ (رمزي) شفتيه، وهو يقول:

- لهذا سأعيده إلى عمله، وأضاعف راتبه، وأجعل منه طيارنا الخاص.

قال (ماجد) في برود:

- كلا أشكرك.. لقد قررت العودة إلى عملي بـ(القاهرة).

هز كتفيه، قائلًا:

- كما يحلو لك.

ثم ابتسم لـ(منى)، مستطردًا:

- أما أنا وأنت يافاتنتي، فسنبدأ حياتنا من جديد.
قالت في تردد:
- معذرة يا (رمزي)، ولكن لو أنك تتحدث عن برنامجي، فقد قررت منحه إلى الشركات المصرية بأي أجر معقول.
مط شفتيه مرة أخرى، وقال:
- قرار غير عملي بالمرة، ولكن هذا لم يكن ما أعنيه.
وابتسم ملوحًا بكفه، وقائلًا:
- إنني أتحدث عن زواجنا.. أنا وأنت.. ستعيشين معي في القصر، ويكون لك كل ما حلمت به وتمنيته.. أفخر الثياب، أندر الحلي والمجوهرات وأثمنها.. سيارة مدهشة. طائرة خاصة، فيلات في كل أنحاء الأرض.. كل أحلامك يا (منى).. كلها.
شردت ببصرها في هيام، وهي تقول:
- إنني أحلم بكل هذا بالفعل يا (رمزي):
ثم تلاشت نظرة الهيام من عينيها، وهي تستطرد في حزم:
- ولكنني أحلم منذ صباي أيضًا بحلم أعظم.
والتفتت إلى (ماجد)، مستطردة:
- أحلم برجل.. رجل بمعنى الكلمة.
ثم تضرجت بشرتها بحمرة الخجل، التي زادتها فتنة وجمالًا، وهي تخفض عينيها في حياء، قائلة:
- هذا لو أنه يقبلني زوجة.
هتف (ماجد) في سعادة، وهو يحتضن يدها براحتيه:
- يا إلهي!.. إنني لم أجرؤ على طلب هذا يا (منى).. إنني أسعد مخلوق في هذه الدنيا.
مطَّ (رمزي) شفتيه، وقال في ازدراء:
- قرار آخر غير عملي.
ونهض يغادر المكان في حنق، في حين تطلَّع (ماجد) إلى (منى) في سعادة، وهو يقول:
- (منى).. حبيبتي.. لست أصدق نفسي.. لقد حققت انتصارين في يوم واحد.. هزمت نظرية (كيرو أوهايو)، وفزت بك.
داعبت أنفه بسبابتها، وهي تقول:
- وماذا في هذا.. ألم تتعلم درسًا من جزيرة القدر؟
ومالت نحوه، هامسة في حب:

ـ إنه قدرنا.

وسرى الحب بين جسديهما، وقلبيهما..

إنه حبهما..

وقدرهما.